AF349528

LES INCOMMODITEZ DE LA GRANDEUR.

DRAME HEROIQUE

SERA REPRESENTÉ PAR

LES PETITS PENSIONNAIRES

COLLEGE DE LOUIS LE GRAND.

Juin 1713. à deux heures aprés midy.

A PARIS,

De l'Imprimerie de L. SEVESTRE, ruë des Amandiers.

M. DCC. XIII.

ARGUMENT.

PHILIPPE, surnommé le Bon, Duc de Bourgogne, ayant un jour apperçû, en entrant dans son Palais, un homme yvre endormi sur le pavé, le fit transporter en cet état dans un de ses appartemens, où après lui avoir persuadé à son réveil qu'il étoit Duc de Bourgogne, & lui avoir fait goûter pendant un jour tout ce que la Grandeur a d'agreable & de fâcheux, il le fit reporter endormi dans le lieu même où on l'avoit pris.

On represente ici cette avanture comme un divertißement instructif que Philippe voulut donner à son fils, pour lui faire connoître les incommoditez & le peu de durée des grandeurs du siecle.

La Scene est dans une ville maritime de Flandre.

ACTE PREMIER.

LA difficulté que Valere Capitaine d'Infanterie trouve à fournir sa Compagnie, donne lieu à une contestation agreable entre lui & Carmagnole son valet sur les avantages & les desagrémens de la guerre. Un Païsan nommé Gregoire venant à passer proche d'eux, Carmagnole se détache pour l'aller enrôler ; ce qu'il fait durant un entretien qu'Oronte Confident du Duc de Bourgogne a avec Valere sur la situation presente de la Cour, & que Carmagnole interrompt, en venant apprendre à son Maître que le Duc de Bourgogne a fait enlever dans le Palais le Païsan qu'il venoit d'enrôler, & qui s'étoit ensuite endormi dans la place. Le Duc arrivant sur cela, instruit Oronte du divertissement qu'il veut se donner en faisant traiter en Duc de Bourgogne le Païsan qu'il avoit fait enlever : & sur ce que le Comte de Charolois son fils vient se plaindre avec trop de chaleur de la nonchalance des Officiers par rapport à la levée des Troupes, il en prend occasion de lui donner des leçons de moderation, & lui parle ensuite d'un divertissement qu'il veut lui procurer, en lui disant, sans s'expliquer davantage, qu'il sera également instructif & agreable.

ACTE SECOND.

PENDANT que le Duc s'entretient avec le Prince son fils sur le divertissement qu'il lui prepare, on apporte dans un fauteüil Gregoire endormi, lequel est fort surpris à son reveil de se trouver revêtu d'habit magnifiques. Mais sa surprise augmente quand il s'entend traiter de Duc & d'Altesse. Il reçoit en cette qualité les complimens du vrai Duc de Bourgogne, & du Comte de Charolois qu'on fait passer pour ses Officiers. A peine commençoit-il à se réjoüir de sa nouvel'e dignité, qu'un des Courtisans, contrefaisant l'Ambassadeur, vient lui declarer la guerre de la part de l'Empereur de la Chine ; ce qui l'inquiete fort. Un Deputé le fâche par un compliment long & ennuyeux ; & Valere, qui l'avoit fait enrôler, venant lui demander justice d'un deserteur nommé Gregoire, le jette dans un nouvel embarras. Carmagnole trouvant qu'il ressembloit fort au pretendu deserteur, augmente sa peine. Gregoire, pour l'engager à se taire, le fait son Ministre d'Etat.

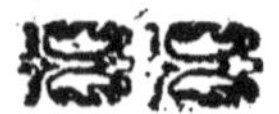

ACTE TROISIEME.

CLEON, Confident du Comte de Charolois, qu'on avoit chargé de contrefaire l'Ambaſſadeur, ravi du ſuccés de ſon entrepriſe, ſe diſpoſe à une ſeconde ambaſſade, pour embarraſſer encore davantage Gregoire, dont l'inquietude augmente à la nouvelle de la guerre qu'un des Princes ſes voiſins eſt ſur le point de lui declarer. On aſſemble le Conſeil, pour deliberer ſur le parti qu'il y a à prendre. Les differens avis de ſes Conſeillers, dont les uns ſont pour la paix, les autres pour la guerre, ne font qu'augmenter ſa peine, ne ſçachant à quoy ſe determiner. Au ſortir du Conſeil il ſe trouve aſſiegé par une troupe de demandeurs, qui lui preſentent des placets : mais ſur-tout un Sçavant ridicule, qui ſe plaint du peu d'égard qu'on a à ſon merite. La vûë de ſes treſors qu'on lui montre, adoucit un peu le chagrin que lui cauſoient tous ces placets : mais ſa joye n'eſt pas de longue durée; car en un moment cet argent eſt employé à payer ſes Officiers, ſans qu'il lui reſte rien. Pour comble de malheur, un Aſtrologue l'épouvante par de fâcheuſes predictions. On lui fait entendre un concert pour calmer ſon eſprit, aprés lequel on le conduit par la ville en attendant le dîner.

ACTE QUATRIE'ME.

GREGOIRE s'étant échapé des Courtisans qui l'obsedoient, repasse dans son
esprit tout ce qui lui est arrivé depuis qu'il
est Duc, & paroît fort mécontent de son
nouvel état, sur-tout de ce qu'au milieu de
toute sa Grandeur on le laisse mourir de
faim. Le Duc de Bourgogne & Carmagnole
l'appaisent, en l'assurant que son dîner se-
roit bientôt prêt. Sur ces entrefaites un Officier tout effrayé lui apporte la nouvelle du
débarquement de l'Empereur de la Chine
avec une armée de dix mil hommes. L'ambassadeur qui lui avoit declaré la guerre, lui
offre de la part de son Maître de terminer
leur different dans un duel, pour épargner
le sang de leurs sujets : mais Gregoire ne
veut point entendre parler d'un tel expe-
dient. Tous ces embarras, les ordonnances
d'un Medecin, qui l'empêche de manger ce
qui est à son goût ; une conspiration dont
on lui apprend la nouvelle, lui font prendre la resolution de renoncer à sa nouvelle
dignité. Le Duc ordonne à un de ses Officiers de lui donner un breuvage pour l'en-
dormir, & de le faire reporter avec ses pre-
miers habits dans l'endroit où on l'avoit
pris.

ACTE CINQUIE'ME.

LEs ordres du Duc ayant été executez, Gregoire est fort surpris en se réveillant de se trouver dépoüillé de toute sa Grandeur, & croyant que tout ce qui lui est arrivé n'a été qu'un songe, il en fait le recit à un autre paysan de ses amis, qui l'avoit éveillé. Car-magnole, qui l'observoit, s'en saisit comme d'un deserteur. Gregoire tâche de se sauver : mais il est arrêté par le Capitaine Valere, qui lui declare l'ordre qu'il a reçû du Duc de le faire punir dans toute la rigueur des loix, pour servir d'exemple aux autres. Le Duc survient. Gregoire est surpris de revoir son Chambellan dans celui qu'on dit être le Duc de Bourgogne, & de retrouver ses pretendus Officiers dans les Courtisans qui accompagnent ce Prince. Enfin, aprés bien des frayeurs, il obtient sa grace. Le Duc fait faire quelques reflexions au Comte de Charolois son fils sur le peu de durée de la grandeur des Princes, qui est passagere, com-me celle de ce malheureux, laquelle a passé comme un songe ; & lui donne pour regle de sa conduite cette sage maxime, de regner en Prince qui doit un jour cesser de l'être, & qui est sujet à la mort comme le reste des hommes.

PERSONNAGES ET NOMS
des Acteurs.

PHILIPPE, Duc de Bourgogne.
GASTON-CHARLES-PIERRE DE LEVY DE MIREPOIX,   *de Mirepoix.*

LE COMTE DE CHAROLOIS, Fils du Duc de Bourgogne.
JEAN-PHILIPPE CHEVALIER D'ORLEANS, *de Paris.*

GREGOIRE, Payſan, faux Duc de Bourgogne.
ANDRE' GIRAULT,   *de Tours.*

ORONTE, Confident du Duc de Bourgogne.
JEAN-BAPTISTE DE MACHAULT, *de Par s.*

CLEON, Confident du Comte de Charolois.
LOUIS-DENIS TALON DU BOULAY,   *de Paris.*

VALERE, Officier des troupes du Duc.
LOUIS BONTEMPS,   *de Paris.*

TIMANTE, Introducteur des Ambaſſadeurs, & Treſorier.
FRANÇOIS-MATHIEU MOLE',   *de Paris.*

URANIE, Aſtrologue.
TELAMPE, Medecin.
FRANÇOIS DE LA BOURDONNAYE,   *de Paris.*

ADRASTE, Depuré.
JOACHIM-JACQ DE LA CHETARDIE,   *de Paris.*

FADIUS, Sçavant.
LUBIN, Payſan, ami de Gregoire.
PIERRE DU CAMBOUT,   *de Nantes.*

CARMAGNOLE, Valet de Valere.
GUY-LOUIS DE SOUASTRE.   *d'Air.*

PAROLES DU CONCERT
qui doit se faire à la fin
du troisiéme Acte.

Afin que ce Concert eût plus d'union avec le dessein general de la Piece, le Sujet qu'on a choisi est un contraste, où l'on oppose en forme de Dialogue le trouble & l'agitation d'une fortune éclatante, à la tranquilité & à la paix d'une vie retirée.

1. MUSICIEN.

Heureux qui sur un trône & craint & reveré,

Dans le sein des grandeurs peut voir couler sa vie.

2. MUSICIEN.

Heureux qui loin du monde & des yeux de l'envie,

Dans le sein du repos peut vivre retiré.

1

Quelle solitude.

2.

Quel embarras.

1.

A vivre dans l'oubli trouvez-vous des appas ?

2.

En trouvez-vous à vivre avec inquietude ?

1.

Peut-on en cet état contenter ses desirs ?

2.

On est toûjours exempt de desirs & de crainte.

1.

On vit sans plaisirs.

2.

On vit sans contrainte.

TOUS DEUX.

Non, non la grandeur

Ne { *peut trop nous plaire.*
{ *doit point nous plaire.*

Non, non la grandeur

Doit toucher
Peut troubler } *un cœur.*

1.

Elle sçait nous faire
Un parfait bonheur.

2.

Elle ne peut faire
Un parfait bonheur.

13

TOUS DEUX.

Non, non la grandeur, &c.

1.

Son charme est vainqueur.
Qui peut s'y soustraire?

2.

Son charme est trompeur.
Il faut s'y soustraire.

TOUS DEUX.

Non, non la grandeur, &c.

2. MUSICIEN.

La fortune qui nous engage
Nous vend bien cher
Un brillant esclavage ;
Sa faveur volage
Passe comme un éclair.
Ombrageuse & sauvage,
Un caprice leger
Lui fait détruire son ouvrage :
Chez elle le jour le plus clair
N'est point sans nuage.
Toûjours quelque retour amer
Trouble le plus fier,
Alarme le plus sage :

Son empire est une mer
Sujette à l'orage.

1. MUSICIEN.

La fortune est inconstante,
Mais on a beau craindre ses traits,
Elle plaît, elle enchante,
Et plus elle est changeante,
Plus il semble qu'elle a d'attraits.
En vain l'on nous vante
Les charmes secrets
D'une vie indolente :
J'aime mieux la tourmente
Que le calme & la paix
D'une ame indifferente,
Que la gloire la plus brillante
Ne flate jamais.

TOUS DEUX.

Non, non la grandeur
Ne { peut trop nous plaire.
{ doit point nous plaire.
Non, non la grandeur
Doit toucher
Peut troubler { un cœur.

289